lana jane

9125
days
about
me

AKING x Vincent x Wilson Lee x 張簡長倫 x 早乙女 x 楊芷涵

# 目次

**林炳存**
**亞洲知名商業攝影師**

在這個既浮躁又張揚的時代，含蓄內斂變得如此稀有，赤裸當然可以吸引眼球，相比之下，暗暗含光顯得如此彌足珍貴，能蘊含另一份悠揚韻味。我眼中的Lana，擁有一個好的藝人的基本條件與素質，她對於自己在各方面的要求及努力，讓她從內而外每一個細胞，都帶著耐人尋味的魅力，當她凝視鏡頭時，攝影師是很容易被她感動的。

工作以外，Lana謙遜有禮，對於生活充滿熱情。我相信，這份自然的能量，才是成為好藝人的養分，也是Lana未來可以在演藝圈成功的主要原因之一。

我期待Lana繼續努力，在有一天，終能夠發光發熱。


**羅佩儀**
**傳遞娛樂總經理**

簡拉娜是從護理師轉換到模特兒，成為公司旗下的簽約藝人。

她獨特的清新文藝氣息，讓她更顯與眾不同，在人群中格外吸引人。但美麗的她並不柔弱，反而很堅定；在我眼中的拉娜，比同年紀的女生多了更多的勇氣跟決心，及勇往直前的毅力拚勁。

這本公益寫真書，是拉娜自己主動發起的，身為一個藝人她跳脫了舒適圈，事必躬親許多環節，從尋找攝影師、進行拍攝、到最後挑片排版等等。我從她身上看到了決心跟毅力，這也是讓公司不計酬勞、全力支援她的原因。

這本書所要傳遞的善念，跟要幫助弱勢兒童的初心，我是非常支持且感動的，也希望這份善念，可以透過這本寫真書，傳遞到世界上各個角落，讓更多人得以獲得幫助。在此，我也祝福這本寫真書順利大賣！

## 屈中恆
### 男演員、配音員

Lana是2016年參加國光幫幫忙的錄影認識的，在眾多的所謂「國光女神」中，其實她顯得有些格格不入。在節目中，國光女神穿得一個比一個辣，無一不費盡心思打扮，只為了在其中受到注目。唯有Lana，樸素的打扮與自然淡雅的妝容，更因為她帶有文藝氣質的模樣，受到國光的粉絲和主持人的注意。

現在，Lana要出書了：一本另類的寫真集。希望大家都能看一看，在台灣演藝環境充斥著性感網紅、穿著大膽的小模的現在，Lana的寫真書會帶給讀者非常不一樣的感受。我很喜歡，所以我推薦給各位，而Lana的寫真書可以證明一件事：性感不一定要穿得少、美麗不一定化濃妝。

## 簡媽媽
### 頭號粉絲

讓妳們生長在單親家庭，讓我知道，身為老母的我責任重大。那時我便想，要好好地帶你們姊弟平安長大，但偏偏天公作弄，事總不從人願，把小弟帶走了，那時對我們而言，著實整個家都碎了，再也不完整。

想起妳小時候，我為了要求妳們在學習上的好成績，總是打打打，用體罰與責罵來管教妳們，因為在我們的那個年代，要過上更好的生活便只能靠讀書，而不打不成器又偏偏是在媽媽成長的那個時空下，人人遵守的鐵則。直到小弟出事了，我才從悲傷痛苦中領悟到，身為媽媽的我對不起妳們這些小孩。從那天起，我便發誓不再打妳們，要更認真、更努力打拼，也要更愛妳們、保護妳們，讓妳們快樂、自由地成長。時光匆匆地過，妳們也已經長大，獨立闖出一片自己的天空！

小時候對妳的呵護，早早17歲的獨立，讓妳成為現在的妳。很慶幸在成長與打拼的過程中妳遇到的很多貴人，讓妳能一路走來，雖然並非平順，但倒也是平安地到達每一個人生的里程碑。從妳很小我就知道，妳很倔強，想做什麼就做什麼，做媽媽的我反到也沒用，所以就支持妳的工作，當妳最好的觀眾。我在想、也想跟妳說，日子過得平凡、快樂就好，金錢乃是身外之物，夠花就好，不要太累。每次看到妳照片拍得美美的，看得我總能釋放一些壓力，倒也覺得挺不錯，妳的每一步努力與成果，對媽媽而言，都是最欣慰且感到自豪的。最後，希望未來日子裡，妳能越來越好！

## Vincent｜陳德誠

陳德誠，香港攝影師、Composethestory創辦人、The North Face 贊助攝影師。專門從事自然和紀錄攝影。此外，他熱愛攝影藝術，沉迷於登山、攝影與旅行。並計劃登上不同的山脈，在更多的攝影項目中工作，實現「不追隨別人，樹立新潮流」的理念。作品曾被不同的媒體所收錄及報導，包括亞洲青年創作集錄Vol.05；GoOut、Ellemen與Milk等雜誌；蘋果、東方日報與香港、商業電台等。

www.composethestory.co
www.Instagram.com/vinvincent

## Robert Chang Chien｜簡長倫

來自台灣的影像創作者Robert Chang Chien（張簡長倫），現於英國皇家藝術學院攻讀動態影像。過去作品包含建築設計、攝影、電影、裝置、藝術書等。喜歡跨領域思考、關注人類內心情感的再現。作品帶有電影感，曾獲美國IPA、法國PX3等國際攝影獎項。

www.robccfilm.com

## Wilson Lee｜

香港業餘自由攝影師。自13歲起獨自旅行、周遊列國；2010年開始接觸攝影，涉獵的題材廣泛，包括人民紀實、城市建築與人像攝影等。在2015年Sony國際攝影獎公開組中勝出，成為歷屆最年輕的得獎者之一；2014年法國PX3攝影比賽裡，同時在多個組別中取得1金7銀9銅的成績，更多次在美國IPA攝影比賽等世界大型比賽中獲獎。現正活躍於多個社交媒體平台，公開發佈其作品。

www.leemaishun.com
www.instagram.com/chihhanyang/
www.facebook.com/chihhanyangphoto/

**早乙女 |**

用氣氛帶領影像、畫面顏色代表心情，而那些讀過的書、聽過的音樂、看過的電影，所有美感都會呈現在攝影裡。個人經歷為DIGIPHOTO雜誌人像特約攝影、人像本事攝影集（城邦出版社）等。

www.instagram.com/inmyeye3
www.flickr.com/photos/inmyeye

**楊芷涵 |**

台灣自拍攝影師，1992年出生，既是攝影師亦是模特兒。2014年便出版同名攝影集《Chih Han Yang》；曾在德國舉辦展覽《die erste Schicht》；2016年出版第二本攝影集《Daily》。2018年舉辦個展《一個人的時候，沒有到不了的地方》及《不安全依附症候群》。每天都要對自己按下快門，拍的照片一點都不美麗，什麼都可能是她眼裡的風景。

chih-han-yang.format.com/
www.instagram.com/chihhanyang/
www.facebook.com/chihhanyangphoto/

春・はる

9125 days about me / spring

早乙女 |

用氣氛帶領影像、畫面顏色代表心情，而那些讀過的書、聽
過的音樂、看過的電影，所有美感都會呈現在攝影裡。個人
經歷為 DIGIPHOTO 雜誌人像特約攝影、人像本事
攝影集（城邦出版社）等。

www.instagram.com/inmyeye3
www.flickr.com/photos/inmyeye

## 早乙女

攝影的圈子不大，繞一繞就會遇到一個曾經看過的人，而我與拉娜的相遇，剛好是在我知曉她後，一場意料之外的聚餐。

她是個天馬行空的小女生，喜歡與Siri對話、面容姣好，更有自己的想法。清新這個詞雖然已經被使用在無數張面容當中，但我仍認為這樣的形容對初見她的我而言，是與她氣質最接近的詞語。後來，我發現她總有自己的想法，說話總是跳脫既有的思考脈絡，像是進入另一個世界的語言，是全然不同的邏輯，就像是在她心裡，存在一個截然不同的世界觀，讓她不只擁有外在條件，還有更大的視野。

感性與理性一直是在她身上混合又彼此不相融的，就像是水與油脂一樣：如水的感性，同時是柔情似水的動機、又有暴漲川流的迅速。在情感面上，她是一個十分倚賴感覺，卻又格外果決的人；如油脂一樣的理性，所有包裹其中的都不會變質，狀態穩定，等待被取出時的化學反應。在生活的面上，條理分明，沉穩不移。

拉娜說過，我如春夏，也希望這是一次美好春夏的生活剪影，不是既定的、完美的擺拍。對於我而言，其實就是一場紀錄，關於她日常的樣子，沒有目的性與商業的考量。生活如此簡單，裡頭只有自己，飽滿又愜意。她笑彎的眼神像是一條分野，一頭是親近且接納的小女孩，而當她收起笑容時，便是距離遙遠且神秘的小女人。

我一直覺得，拍攝外貌美好的人就像是一場對抗，敵人是上帝。如果只是如實地記下，那就是一場敗仗，裡頭都是造物主的傑作，所以這次紀錄，帶有我的風格與我的視角，希望最後呈現的，是造物主與我的一場合作，達到一種和諧的平衡。

這個平衡裡，也包含兩種不同狀態的拉娜，因為一些未曾預料的狀況，這裡面同時有兩種頭髮長度、兩種氣色與兩個時空的她。雖然在過程中她一直不斷與我確定這樣是否會影響，不過我想這是無妨的。巨觀而言那仍是我的視角、裡頭仍是上帝的巧思，她還是她、我仍是我；微觀來看，我們從來都不是恆久不變的，而如忒修斯悖論般的想法，有時著實是太鑽牛角尖了。

她仍是拉娜，是天馬行空的小女孩，是理性與感性互相流動的個體，也是春夏清晨的一抹清麗，雖然一生中我們會不停改變與成長，但仍會有一部份，會自始至終的不變。

## Lana

**「我還是會選擇感性的生活下去，並為自己的每一個決定負責。」**

早早是一個特別貼心的人，那把為了我拍攝所需而備下的梳子便知道，他的心思是十分細膩的，感受不到距離感，親切無比。這樣的他，對自己的私人領域很保護，似乎也越是這樣細細看守自己內心秘密的人，才會知曉那些與心有關，特別細微的眉角。一些輕輕撫平就好的傷痕，其實不需要太多消毒水；某些劇痛蔓延的潰瘍，不是一句「加油」就可以處理。

相較之下，拍攝過程的他又顯得特別隨性，這樣的關係與互動讓我們都感到舒適，能夠做真正的自己，當然這也包括那卷我拍攝攝影師的底片，有一卷不小心付之一炬。生活絕對是不完美的，而其中，我們所能提取最幸運的部分，莫過於那些看似不完好的東西，所帶來回憶與歡笑，追求完美生活的人容易感到沉重，而接受不完美的人隨時隨地都可以自在且感到富足。

過程中我們稍稍聊到了我的過往感情，關於那些結束、已經不復存在的身影與關係，其實都終結於我自己的一句話：

**「就是不愛了。」**
多麼任性，也引來攤閱的一種說法。

身在愛的世界、夢的氛圍中，我一直是靠感覺維生的人，像是一個貫穿身體、蔓延每個末梢的感知系統，只要感覺來了，就足以改變我一切的想法與眼神。正是那種由心而發的感覺，引導我在這個世界，重複不停的傷害與修復，不論是對我，或是那些曾住在我眼神中人們。

**「別那麼感性，這樣太容易受傷了。」**
早早在聊天的過程中這麼跟我說。

我知道感性與理性終究不是兩個立場的抗辯，而是一種選擇：理性沒有錯，只是總錯過太多柔軟的世界；感性不是罪，但它有其必須承擔的結果。所以我也明白，自己會繼續以感性生活下去，帶著其中的重量、或是我們稱之為的後果，一直走下去，跌出無數傷疤、看過遠方熹微與滿天星斗。無需任何評價與批判，因為我已經準備好繼續感性下去，並接受所有迎面而來的結果。

**「我還是會選擇感性的生活下去，並為自己的每一個決定負責。」**

夏・なつ

9125 days about me / summer

**Wilson Lee|**

香港業餘自由攝影師。自13歲起獨自旅行、周遊列國；2010年開始接觸攝影，涉獵的題材廣泛，包括人民紀實、城市建築與人像攝影等。在2015年Sony國際攝影獎公開組中勝出，成為歷屆最年輕的得獎者之一；2014年法國PX3攝影比賽裡，同時在多個組別中取得1金7銀9銅的成績，更多次在美國IPA攝影比賽等世界大型比賽中獲獎。現正活躍於多個社交媒體平台，公開發佈其作品。

www.leemaishun.com
www.instagram.com/leemaishun/
www.facebook.com/TeenyLifePhotography/

「所有由她散發的光，經過恰好的光圈、適當的快門，妥善地被收藏，最後成為那些影像。」

## Wilson

臺灣味，一個許多人說，卻沒有精確定義的東西。這次之所以選擇臺南，是因為對我來說，代表臺灣的地方或許不會是臺北或高雄，而是臺南。保留了幾百年來臺灣的歷史脈絡，從荷蘭人的堡壘、日治時代的傷痕到現今所有在這片土地的人情味的地方，一個臺灣過往至今一切縮影的城市。

在攝影中，我特別喜歡那種令人開心的照片以及風格。從照片中傳達的是快樂、是單純的美好，讓人微微一笑的開朗，而這正好說明了為什麼我會與拉娜有如此多不同的緣分。她是那種會令人感到開心的那種女孩，她的身上彷彿永遠帶著另一份快樂，只要我們願意，就可以隨時領取，而所有由她散發的光，經過恰好的光圈，適當的快門，妥善地被收藏，最後成為那些影像。

所以我們總說，照片也有屬於它的靈魂以及溫度。

第一次真的與拉娜本人見面，又有不同的感覺，像是把因為網路而塑造出來的印象，再補上一些更完整、真實的樣貌。她是一個熱情的人，相處之中總是有她說話的聲音以及好看的笑容，那是一種由心而生，充滿力量的開朗。她也是一個很愛笑的人，所有的笑容在她身上都是真實、閃爍著光芒的。當她笑起來時，縱然並非毫髮無傷，卻讓人感覺到貼近無比，是真切的笑，發自內心喜悅而上揚的嘴角。

拉娜與我年紀相仿，卻已經走在自己真正嚮往的方向，那帶給我一股真實的悸動感，看著這樣前進的拉娜，自己心中搖擺的幅度不自覺增大。雖然真正抉擇或是傾倒於自己人生走向的時刻還在遙遙無期的霧中盤旋，但我知道我嚮往在拉娜身上所看到的勇氣，也嚮往自己會在未來奮力，為了自己生命執著的瞬間。

我們能夠熟識，是因為我們都不是內心蜿蜒的人：在言語中沒有太多羊彎去隱藏不為人知的想法、想法上不會拐彎抹角，只需要直接的對話與相處，但其實我們知道，彼此是差異最大的那種，但正是因為這樣的反差，我們才是這樣熟悉的狀態。像是一種新奇的組合，她有我沒有的勇氣、我有她較少出現的沉著，而這並不會變成是一種互補，反而像是一場博覽會，看著她身上獨特的部分，感到訝異驚嘆，有時也會心嚮往之。

我認為交朋友這樣才愉快，才有新奇的體驗。

## Lana

**「妳可以不要一直謝謝我嗎？我不只是在幫妳，這同時也是我的作品啊。」**

Wilson的作品中有一股清新的味道、一種單純無負擔的視角跟光暈。他是一個外表非常斯文的人，現實中卻帶著害羞、話少以及內向的個性。

第二次與他約見面拍照，我們在潮濕的臺北城。那時我們已經有一定的熟悉程度，我才發現原來他是一個慢熟的人，一個有反差的可愛男孩（雖然我們同歲），說起話來雖然直接卻又不傷人的那種。

**「妳想吃什麼就吃什麼，妳就在乎妳自己就好啦。」**
也許因為文化的差異，用詞上多少較為直接，但其實心裡是滿滿的柔軟。身為家中獨子，他一直自己認為自己是一個極其自我的人，但其實說著這樣話的他，也是自我的很可愛。第三天拍攝時，因為感冒的關係，我的眼睛紅得不得了。我們著急地到藥局買藥，查遍各種能緩解的方法，就是不希望拍攝時程因此有任何延宕。那時我看到的，他就是一個會一邊像個老媽子一樣碎念，手也閒不下來地替你倒一杯水的那種人。

他說他很羨慕同年齡的我，能夠為了自己的夢想努力邁進，更是非常勇敢的事。不過，其實我覺得他也是，只不過我們勇敢的地方不一樣，例如：他可以一個人去旅行，我卻無法單獨走訪一個陌生的國度；他對大事深思熟慮、小事果斷決行，我卻與他完全相反。

有人說，在射氣球這樣的童玩攤位可以看到一個男人變回孩子的時刻。那天晚上在臺南的夜市，他仔細地聽著老闆的指示，說明該如何才能得到高分。他一邊專注地聽著，夜市的燈光同時照得他眼神閃閃發光，他推了一下眼鏡，完全投入在那一個小小的世界。那一刻我想到，也許只有身體長大了，心保有幼稚，我們才能在時間的流逝中永保年輕，一直是小時候什麼都不怕的自己。

我們在提前進入夏季的臺南，聊了好多，有關於感情、婚姻、教育以及家庭等等各種不同的話題，最後講到這次的寫真書計畫。

**「妳可以不要一直謝謝我嗎？我不只是在幫妳，這同時也是我的作品啊。」**他一樣用直接的口吻，一如他對這個計畫的大力支持，一句話就買了機票來到臺灣，替我完成了一部分的照片拍攝。

**「因為妳對我是有價值的，同時妳也要相信自己是有價值的，不管在工作、或是在感情都一樣。」**他最後這麼說著，而我知道能在某一些生命的瞬間被支持與理解，是再幸運不過的事。

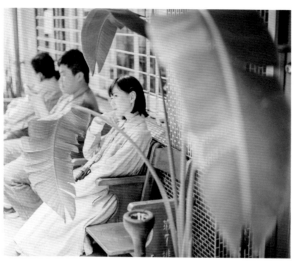

秋・あき

9125 days about me / autumn

楊芷涵 |

台灣自拍攝影師，1992年出生，既是攝影師亦是模特兒。
2014年便出版同名攝影集《Chih Han Yang》；曾
在德國舉辦展覽《die erste Schicht》；2016年
出版第二本攝影集《Daily》。2018年舉辦個展《一
個人的時候，沒有到不了的地方》及《不安全依附
症後群》。每天都要對自己按下快門，拍的照片一點都不
美麗，什麼都可能是她眼裡的風景。

chih-han-yang.format.com/
www.instagram.com/chihhanyang/
www.facebook.com/chihhanyangphoto/

「最稀奇的並非是不存在的那些，而是確切存在，卻鮮少被提及的。」

## 楊芷涵

有很多攝影師與模特兒都是這樣認識的，更具體來說，是在這個時代已經習以為常的連結方式：我們在社群網站上認識，然後約拍照。我們生命第一次的交會，就是每一個平凡的日子裡，偶然經過巷口相遇那般平常，而一晃眼那已經是三四年前的事情。

我很少想像，也幾乎不會預設遇到的人事物，他們的樣貌與氣息。所有事情都是自然而發，順而接續的；總會遇到、也總會相達，所以不論那些想像出現與否，現實裡總會有一場相遇。

那天我們經過捷運站，川流不息的通道裡停滯的人群格外引人注目，人群裡的是一個需要幫助的小女孩。我無從得知在她滿身的瘡疤之下是多少的無奈與折磨，而拉娜只是拿出身上一些零散的錢幣，彎下身來交給她。我無意、也沒有必要探零，究竟為什麼要這麼做，以及背後的原因，只是那個當下讓我覺得她是個溫暖的人，跟世界上所有好人一樣，只是拉娜在我眼前，如此靠近。

我很習慣於觀察他人，而非直接預設對方可能的樣子。剛開始見到拉娜時，她無非是一個可愛的人，看起來樂天也愛笑，是大部分人會感覺到舒坦，也容易喜歡的類型。漸漸地，觀察的內容變得不太一樣，我發現其實她有十分聰明的一面，對很多事情有規劃，把細節像調味料罐一樣整齊地排列，就像在木紋架上有序、明確地擺放整齊。她有自己生活的規劃，不論是工作、進修、日常以及這個寫真的計畫，她讓所有事物有自己的位置與所屬，就像這次我們無意之中而成的合作，也有相對應歸屬的位置，讓我也在她心裡、記憶中悄悄佔了一塊小位置，得以更靠近地觀察她的不同樣貌。

這是一次以親密視角去完成的拍攝，相對於生活中隨時可以看到的完整妝髮、專業燈光照，那些更私密的、也許更真實的樣子，可能就像俗話常說的，物以稀為貴。

**不過最稀奇的並非是不存在的那些，而是確切存在，卻鮮少被提及的。**

## Lana

**雖然二十五年能建構的世界很小，但當我不再一味偏執外在樣貌的同時，它也正透過其它方式不斷變大與增廣。**

芷涵一直深深吸引我的，是那些來自於她個性中強烈綻放的自我，獨立於一般大眾的認知，她一直是存在於她的宇宙中，有著自己星光與夜空的存在。

這次拍攝，是一種只有自己明白的親密感，它有時難以與他人分享，卻又能默默引起共鳴；帶有一些些距離，相處起來卻又格外契合，而我們心中，也許多少都會有與文字相互連接的記憶，我們都會想到一個遠遠的人，有關親密感。不論如何，那都是生命最溫柔的觸碰，不論他至今仍在，或成了靈魂裡小小淡淡的痕跡。

我們去吃麵時，芷涵做出在卡通裡才會出現的，把麵塞滿嘴巴、大口朵頤的動作，並要我跟著做，像是發現一個珍奇的寶藏，要一起分享喜悅一樣。雖然有點破壞形象，但那個時候我發現，生活不斷進行與流動時，我們都需要一個面罩來隱藏自己提不起的嘴角、止不住的淚水與不願光明的黑暗。

她特別吸引我、有時候也讓我有些羨慕的，是無時無刻可以沒有面罩的生活。那個面罩是社交的工具、情緒的武裝與自我保護的盾牌，而現在使我嘗試脫離面罩保護的，竟然是一碗巷口的麵，一雙筷子與一個爽朗炙熱的眼神。拍攝過程是一段很好很好的時光，與其說是一場拍攝，倒更像是生活中平凡但快樂的時刻：簡單的笑著，好好活著，有令自己快樂的事與喜悅的自己。

在與芷涵初識的那年，我是一個特別在乎自己外表的女孩，常常為了讓自己看來好一些而塗抹各類化妝品、為了一種吸引人的氣質而開始注意起自己生活瑣碎的習慣：吃飯要優雅、談吐帶著語意合宜的表達。久而久之成了習慣，雖然這樣與面罩為伍的生活總附帶著不同程度的收穫，但我發現最使人害怕的，就是自己必須一直這樣過下去。

現在，零碎的時間我會帶著書本，它們是一種安全感，並能從文字裡觸及更多人與更多想法。以前喜歡自他人的眼神中來看自己，現在卻常常自別人的視角來看世界。雖然二十五年能建構的世界很小，但當我不再一味偏執外在樣貌的同時，它也正透過其它方式不斷變大與增廣。

每一天，我的世界都在改變，我感覺到自己生命中有些東西正在重組，好像因為每一個我所遇到的生命，連帶的改變了一些我生活的架構與樣貌，讓我開始一點一點的學著活成自己，一步一步地為自己努力。

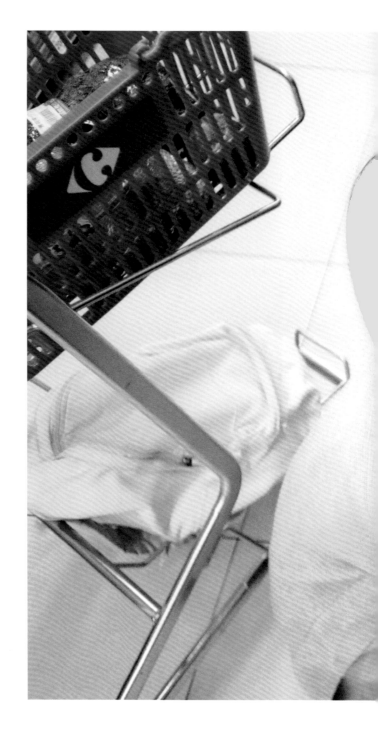

冬・ふゆ

9125 days about me / winter

**Robert Chang Chien**|張簡長倫

來自台灣的影像創作者Robert Chang Chien（張簡長倫），現於英國皇家藝術學院攻讀動態影像。過去作品包含建築設計、攝影、電影、裝置、藝術書等。喜歡跨領域思考、關注人類內心情感的再現。作品帶有電影感，曾獲美國IPA、法國PX3等國際攝影獎項。

www.robccfilm.com

「只有被黑暗暫時包裹的時候，
我們才能安心面對自己，也許放聲哭泣，
並真正對自己誠實與坦然。」

Robert

## 「其實我們沒有到特別熟。」

如果說到我跟拉娜的關係，直白而言是如此，就連這樣的拍攝計畫之所以找上我也是偶然發生的。

一個素昧平生，只在我的展覽上見過一面、邀請我參與計畫卻對我一無所知的女孩。當時我們會面，她若有所思地拿出幾張我的作品、說著她所看到或感受的部分，但她所建構出來的，仍是與我有遙遠距離，碰不著邊的另一個人或形體。

緣分與時機，完整地解釋了這段過程。
然而，當我後來看到她所找的攝影師名單時，我才發現，我一直想著的一股傻勁，其實是她非常靠依靠感覺的生活方式。也許她無法很好地將自己所想、所感的說出或寫下，但裡頭總是包含著她敏銳的感知以及心。

## 或許她可能懂吧，我想。

我所感受到的Lana，是兩個極端的面向同時在身上共存著：一個是很純真的，另一個則帶點悲傷，有著過往滄桑的痕跡。

我相信是這樣的她才會毅然決然走到這裡，一條其實沒有那麼平坦、追尋夢想的路。同時，雖然她沒有真的說過，但她的身上有很多摸不著、看不到，卻真實感受得到的責任與重量。那些重量可能來自生活的經驗與一路上的過往痕跡，雖然她經歷過什麼我不得而知，但總會使人意識到，那並非一個輕鬆的狀態，但卻成了她的常態，伴著她的笑容與淚水，時時存在。在那些武裝之下，也有一個很脆弱且無還手之力的她，是敏感且感性的存在，而或許正是這部分的她，帶著她來找到我，與每個她所相信的計畫參與者。

「這次的拍攝，我告訴她：『妳要把我當成空氣。這趟旅行是妳自己的旅行。』所有的星空都是她一個人的星空、所有感動都是她一個人的感動。這會是一個與自己對話的過程，沒有標準答案、也沒有所謂的終點，只有妳對自己的交代，與在孤寂中自己對自己的陪伴。

在九份某一天晚上的拍攝，我們試著建構出與自我對話的具象畫面，那是一個黑暗面顯著的夜晚。她身上隱微閃動的光彷彿都沉到了她的眼眸之下，而的確在很多時候，只有被黑暗暫時包裹的時候，我們才能安心面對自己，也許放聲哭泣，並真正對自己誠實與坦然。

Lana

## 不論最後是什麼在等著我，我希望自己都已經準備好，成為下一個我。

我跟張簡很早就知道對方，而這種事在網路時代並不稀有，但第一次見面卻是在他的展覽上。看著他的照片，我有種說不上來的感覺，裡頭藏了很多東西，不是三言兩語，或是簡單的歸納與演繹就可以說完的。只要一看到他的照片，就會有他的靈魂，以張簡式的風格說著一切。

這次我們選擇了九份作為拍攝地，一個我熟悉、有山有海的小山城。在長長的階梯頂端有好吃的芋圓，有臺北沒有的、暖洋洋的光與令人心安的溫度。對我而言，這裡真正可以讓我解下防備，有時是放空、有時也會若有所思，而海的聲音規律傳來，像極了對嬰兒拍背的節奏，讓所有不安與悲傷都安然睡去。

過去的我都曾帶過重要的人來到九份，就像是拜見家長一般，總要把每個時期重要的事物帶來這裡，讓燈籠照的他們面容通紅、海的聲音撫平他們一些稜角，再由我帶回到生活的地方，陪伴我成長。這次，我帶著自己生命歷程中重要的計畫，回到這個山城，而最後回家時，我仍然篤定，這是我生命裡重要的選擇。

有一幕的拍攝是，讓水流經過我的眼睛，打濕我的身體。其實很久之前，我溺過水，所以單是這樣一個小小的動作，就讓我感到恐懼無比，像是一種古典制約，每當眼眶沾到水，總會讓我聯想出當時溺水的水花、被淹沒的鼻腔所伴隨的酸澀感。雖然現在的我已經不會溺水了，但是那個當下，整個咽喉都像有無數懷抱恐懼的水氣，蜂擁著開始凝結，等待我的勇氣潰堤，準備再次讓我窒息。

就像是當初與張簡所討論的一樣，這是一場與自己對話的過程，不論是像回憶長廊般曲折的九份巷弄，還是順著五官淌入身體的水流，都是一條條路，終點是那個也許更好、或是更壞的我。那裡是未來，是我將到之處，不論最後是什麼在等著我，我希望自己都已經準備好，成為下一個我。

希望那時我已經不再害怕那些我曾恐懼的事物，不再有那麼多躁動的悲傷，那樣就好了。

年・とし

*9125 days about me / years*

**Vincent | 陳德誠**

陳德誠，香港攝影師、Composethestory創辦人、The
North Face 贊助攝影師。專門從事自然和紀錄攝影。此外，
他熱愛攝影藝術，沉迷於登山、攝影與旅行。並計劃登上不同
的山脈，在更多的攝影項目中工作，實現「不追隨別人，樹立
新潮流」 的理念。作品曾被不同的媒體所收錄及報導，包括
亞洲青年創作集錄Vol.05；GoOut、Ellemen與Milk等
雜誌；蘋果、東方日報與香港、商業電台等。

www.composethestory.co
www.Instagram.com/vinvincent

「支撐我們不停下腳步的，總是那個懂你的人，以及願意接納你內心的每一個歸處。」

## Vincent

我們常常先是見到某個人，過了很久才相互認識，中間填入了很多想像，有些被印證後如滿開的花朵刻入眼簾、有些被推翻的，還能咎責於第一印象常常總是曖昧不明。在我的第一印象中，拉娜就是很酷，看上去不太搭理人、有時也有點難以靠近的類型，當然後來就知道，第一印象真的僅供參考。拉娜很少在我們的對話中提及別人的事，說著某人講過的話或做過的事；在她的社群網路中也多是她自己的心情，幾乎沒有別人生活的任何消息，這可能正是她的特別之處，在相隔很遠很遠的地方與時間中，總會令人安心地把某部分脆弱的自己，交予她保管。

從真正認識到現在，我們也不是三不五時就聊天的類型，好像我們走到一個歲數後都會這樣，開始意識到每個人有各自的生活，再也不會是求學階段那種層層相依、面面相臨的親密，我們會有不同的人際圈、生活在不同的地方。

這次拍攝之所以選在香港，除了因為這是我生活的地方之外，也想將拉娜放到一個她陌生的城市，由她的角度來感受這片土地，彷彿一直在這生活一般，同時有文化上衝突與結合。香港是個忙碌的城市，周圍有許多山，那是香港人逃離城市紛擾的去處，有時候一場短暫的逃離，或是例行的休息，也只有離開繁華，走在山間的道路上，才真的能感覺到自己踏實的走在土地之上，而不是在鋼筋水泥架起的叢林間來回擺盪，總沒有安穩的感覺。所以，在香港生活的人相較於觀光客，臉上是黯淡許多的，而我其實一直這麼相信，一個城市的光鮮亮麗，後頭也有同等的陰影存在。

### 「下一次不要因為工作見面。」

在結束前我們這麼打趣地說著，雖然生命到了這個階段，與人的見面已經很難跳脫工作與責任，或是剛好得空等等理由，但總還是會希望，下次再見到誰，只是因為這個人，而不是工作或任何待辦事項。

「我們雖在不同地方，但都在為自己的生活與夢想努力著。」世界的幅員遼闊，我們不可能一直待在同一個地方、與同樣的人共享著星空，但我們可以在不同的經緯度，觀察同一個星相，相互分享、組合成一個更完整的夜空。我們難免感到寂寞，但支撐我們不停下腳步的，總是那個懂你的人，以及願意接納你內心的每一個歸處。

## Lana

### 「正因為喜歡，所以才有勇氣。」

我跟Vincent非常久才見一次，就像幾年才見一次的遠房親戚，每次見到彼此總能數出對方身上的細小變化：關於頭髮的長度、膚色的明暗、是不是又瘦了，以及嘴角中藏著的一絲苦澀與無奈，若是自小相識，說不定還會比較彼此身高的落差。不過，不論過了多久他都還是我印象中的那個模樣：總是逞強、言行舉止藏不住傲嬌的他。

還有一天，我們到了長洲，天氣非常炎熱，一點空氣的流動都沒有，所有暑氣就被壓縮在肌膚的表面，那是連汗水都要沸騰的日子。Vincent嚷嚷著說不拍了，我也只好拉著他去吃東西，那時心情多少受到他的影響，我感到十分愧疚。

### 「這個地方好像不錯，來拍一下吧。」

我笑了笑，也知道他是這樣的人。

後來他告訴我那些話他是對自己說，雖然那些話也的確多少影響到我，但正是因為我們對彼此的熟悉，所以經得起這些直來直往的語句，而不傷我們半分關係。

這次以香港人生活為主軸的拍攝，有一部分在山上拍攝，一方面那是香港人生活的一部分、另一方面那也是vincent平時工作的一環。他讓我爬上一塊大石頭，從那裡遠眺可以看見大半個香港，還有更遠更遠已經淹入地平線的土地。

不過，站在高處一直是我的罩門。恐懼的我不停咒罵他，而他則在一旁自在地按著快門，嘴角三不五時露出奸詐的弧度。

「正因為喜歡，所以才有勇氣。」我有懼高症，而在香港的山頭上這麼想著時，四肢還有點微微顫抖。是啊，正因為所做的這些事是如此受到自己的喜愛，也深刻明白在這個世界的快速運轉中，能做自己喜歡的事是何等珍貴的，所以必須有勇氣，哪怕沒有，也會使勁生出，萬萬不能辜負這些得來不易的幸運。

在香港的短短幾天確能感覺到，無數的利益與成就穿梭在大大小小的巷道。從這的第一秒，就是環繞競爭、生於競爭、以競爭為生活的。有一瞬間我想，在這樣的地方成長、生活的Vincent卻是那樣溫暖和煦的人，讓我覺得好珍貴，不論是對於他自己、或是之於我都是如此。

與編輯＆設計對談・

テキストエディターやデザイナーと話す

*9125 days about me / dialogue*

**葉子丞｜**

一九九八年生，水瓶座。
喜歡深夜和雨天、自以為理性而其實感性。
總是書寫日常，拍攝生活的平凡男子。

www.instagram.com/yehlutitzu___/

**王浩宇｜**

一九九五年生，巨蟹座。復興商工廣告設計科畢。
目前就讀實踐大學服裝設計學系。
平面設計 / 服裝設計 / 插畫 / 攝影

www.facebook.com/oceanus.wang/

## 葉子丞

每一刻我都相信，平凡的我們，會在自己的生命中好好的收穫與受傷，成為獨一無二的存在，一如我所見的她，閃耀動人。

「因為你的文字讓我覺得更貼近自己、也更靠近生活一點。」年初的時候拉娜這樣告訴我，那些關於她找我的原因。當然我知道，自己離她所說的那種程度仍有好大一段落差，不過在那一刻我的確感到訝異，自始至終我未曾向誰說過我寫字的風格與出發點為何，但她說出來了。

或許真的是這樣，她是一個依靠感覺生活的人，不善於表達，卻十分的敏感。

不可否認的是，她有很好的外貌，與充足的勇氣，更有不服輸的毅力。在某個角度而言，她是令人感到遙遠不可及的存在；另一個方向來說，她也只是在某些傍晚，騎著腳踏車出門買晚餐的普通女人而已。

這一段時間，因為需要書寫有關拉娜的文字，所以找尋她獨特或吸引人的部分變成我很習慣做的事，將每個部分加以延伸、擴充並整合，最後產出成書中的文字。到現在，當我已經看過她身上如此多特別、或獨特的特質之後我才發現，她也不過是一個平凡的25歲女人，一樣會為了三餐煩惱、因為好事而展開笑容、想起悲傷而落下眼淚、為了自己非常努力的活著。回歸到這本寫真書的書寫，除了是拉娜25年生命的小小紀錄，其實更是一個所有人都能找到自己的地方，不論是害怕社會期待的、看重友情的、或是曾背負有傷的。她也不過是人海中的一個平凡人，是藉著自己的努力與堅持，才變成所有人看到的簡拉娜。

我們終究只是一個個平凡而普通的人，卻會因為不同的努力，而成為截然不同的個體，過上完全迥異的生活。同樣的，再優秀、突出的人，終究有其普通的本質。

「勇敢與否與是否會哭無關，其實不是夠勇敢就不會哭，也不是不夠勇敢就不能哭，它們從來就沒有半點關係，但我相信，這世界上有極度勇敢的眼淚，它們飽和勇氣，熠熠生輝。」

某一次與拉娜見面後的回程路上，我在客運寫下這段話。她就是一個平凡的人，堅強的面對所有事情，捧著自己柔軟的心，在太多傷的世界緩慢地走。在那之後的，每一刻我都相信，平凡的我們，都會在自己的生命中好好地收穫與受傷，成為獨一無二的存在，一如我所見的她，閃耀動人。

## Lana

「沒關係，我也是第一次出寫真書，我跟你一樣的感受，但我相信你可以做到，那你相信我嗎？」

有時候人與人之間的交流，是需要緣分的。

我與子丞的認識是因為與朋友俐利在某天的聚會上，聽到她說「我有個朋友很喜歡妳噎！」，當下聽到時便好奇的問她是哪位朋友，我來看看他的instagram。沒想到一看，才發現是個氣質與文筆極佳的男孩，對於不太會寫文章的自己而言，這個男孩在instagram一張張的照片，搭上細膩的日常書寫，深深吸引了我。

後來過了一段日子，由於寫真書籌備的關係，需要一位情感細膩、擅長寫作的人來幫忙，於是我靠著自己的第六感尋找，並邀請了他：就讀心理系的帥氣小鮮肉－子丞，來協助此次寫真書的文字編輯。

他果斷地答應幫忙素昧平生的我，讓我覺得上輩子肯定修來許多福分。在見面幾次與聊天後，觀察到其實子丞是屬於慢熟的人，不過一但熟起來，俏皮可愛的一面就會跑出來，並且擅長聆聽（不曉得與心理系有無關係？）、比起同年紀的男孩成熟許多，以一個年齡可以當他姊姊的我來說，溝通上完全無代溝。很多時候與他分享生活上的大小事或是談論到關於人生、愛情等較深層的內容，都能暢談到天亮。

「沒關係，我也是第一次出寫真書，我跟你一樣的感受，但我相信你可以做到，那你相信我嗎？ 」

回想起記得第一次見面時，他說他未做過相關編輯工作，很緊張、焦慮。當時我笑笑地回覆他，而現在我想說的是：

「謝謝你願意相信我，子丞。」

## 王浩宇（大海）

**9125，一個在我接下委託後每天都環繞在我周圍的數字。**

它代表的是拉娜25年來所經歷的生命天數，所以一個數字在這樣的發想意義中，便和生活產生了極度緊密的連結。9125中，每一個瞬間與時期，都乘載拉娜生活中那些極度私密、或平凡家常的種種。而其實這本書有許多不同元素的組成：影像、文字、以及貫穿生命的故事脈落，這樣的組合也許並非典型，但我想一定會很有趣的吧。

就單對我而言，能聽著他人說故事本身就是十分感動的事。

有件巧合的事情是，我們在正式討論前，彼此都有共同的想法，打算把季節以顏色去做章節的區分，用不同顏色所帶來的視覺效果去分隔不同的季節所帶來的情緒、感受與氛圍。用四季以及各自的代表色來區分9125中每一個生命歷程，是再適合不過的了，不管是之於書的排版、四季的概念，或是作為整體生命中的象徵。

說回我對拉娜的感覺，大概就像是日劇的女主角般清秀可人，除了日劇畫面一貫的淡雅，更有一種不過度修飾的自然感，在她的身邊總像被套上淺淺的濾鏡，一切都變得優美。在真正熟識之後發現，她不僅僅是個漂亮的女孩，也對身邊的人十分照顧，更總有自己的一套看法與規劃，就像這次的公益寫真書，便是如此一個實現內心目標的過程。

我深深明白，在這個我們所在的冰冷世界中，總有一群人默默地憑藉自己的努力，在某個角落暗自發光，他們用自己的方式為這世界帶來溫暖的安慰，給這個世上那些被撕碎的傷口，一個痊癒的機會。

所以希望這本寫真書也同樣地，成為一份真誠的力量。

## Lana

**「大海，你讓我感覺到你擁有一顆少女心耶！」**

我對他這麼說道。

**「是啊！我的確擁有一顆很大——的少女心唷！」**

大海他特別將音拉長，還比了一個心的手勢。說完後我們看著彼此，會心一笑。因為寫真書後期排版的關係，拉近了我與大海彼此之間的距離。

初見大海的第一印象和到現在的感覺大致上差不多，就是非常的親切與細心。在討論排版的過程中，他除了做事情井然有序，也讓我驚訝地發現到彼此的默契程度之高：從封面設計到寫真排版構想再到春、夏、秋、冬、年，每個色彩都恰恰好合乎我心中所想的。而在溝通或開會的過程裡，只要一個眼神、一句話，他便能大概理解我的意思與方向。

對待每位攝影師所拍攝的照片，除了進行仔細地排版之外，我也感覺到他看到照片時，心裡總有一個個故事在播放著，就像是跟著我的腳步，再一起走進我25歲的日子與過往的每個街道裡頭一樣。我一邊聽著他描述照片所傳達的情感、一邊看著他說話時眼神透露出的認真模樣，心裡總會這麼想：

嗯，能遇到可以懂我心裡所想的工作伙伴真好！（笑）

謝謝大海。

## 顏色

那日，我望著海洋的盡頭，

我問海說：

你覺得海是什麼顏色呢？

海回：

海沒有顏色啊。

嗯，妳的確沒有顏色。

不對。

不對。

妳如同人一般，富有深厚的情感，

孕育著無數的生命，

隨著波浪的一言一語，海啊，

妳所表達的一切遠遠超乎我們想像。

我們的心牽連著彼此，

此時此刻的妳，是灰色的。

## 她

她如同海一般，

時而平靜、時而洶湧。

她要的並不多，

只要有愛就足夠；

她遠觀人們的無常，

成為她的日常。

她是什麼顏色呢？

她是純潔的藍，

她任由自己善良的心

給予她所愛的人。

## 夢

我做了一個夢：

夢到愛人的謊言，

夢到死掉的老鼠及大白兔。

我一路奔跑，

直到沒有力氣為止。

凌晨五點醒來後，

淚水洗淨臉頰，

照了鏡子才發現，

自己哭紅的眼睛像極了兔子，

毫無氣色的臉龐就像是老鼠。

原來，

我就是夢裡曾出現的牠們。

水逆

記得那時寫真拍攝的前一晚，急性蕁麻疹發作。一剛開始還以為是被蚊子叮，心想：「蚊子怎麼這麼多，也太厲害了，叮的我全身都是。」從原本的雙手到背部，最後蔓延至大腿，還納悶著說：「奇怪？電蚊香都開兩瓶了，怎麼還是有蚊子哩？」咦？這好像是⋯⋯蕁麻疹耶？（虧自己還是讀護理的）接著蕁麻疹治療完後，才正式開啟了生病接力賽。

伴隨著寫真工作的進行、家人及生活各方面的壓力等等，身體出現的警訊越來越多。除了蕁麻疹，每晚的噩夢、失眠、不明發燒，導致那兩個月瘦了將近5公斤。記得有個朋友跟我說過，一旦人的壓力越大、情緒越不穩定，並且容易壓抑的話，身體會釋放警訊，告訴你要對自己好一點、在乎自己一點。現在回想起來，似乎是這樣子的沒錯。

那段時間，經歷了感情的低潮、工作的迷茫、家人對於工作的不諒解等等。我沒辦法積極的活著，所以我把自己關起來、不出家門，陷入負面的泥沼裡，沒有力氣掙脫。幸好。因為身邊的朋友，後來才好不容易爬了出來，並靠著中醫調理、做瑜伽、看書、跟朋友四處拍照釋放壓力，身體才漸漸地穩定恢復。

李屏瑤《無眠》這本書裡頭有說道：

「如果你也憂傷，請你記得，我們終究會往正確的方向走。」

我們一起走。

這陣子是我最常掉眼淚的時候，

每當難過的時候，我總仰望著天空，

倔強地讓眼淚不輕易滑下，讓風輕輕吹走悲傷。

看著藍天、白雲還有太陽，

撒下的陽光襯托了淚水，就像珍珠般一樣珍貴。

微風徐徐吹過，樹葉悄悄的跟我說著：

「別哭，妳還有我們呢！」

是啊，

擦乾眼淚，

嘴角微微揚起繼續地往夢想走下去就對了。

回憶如一道時光隧道，回頭過去、奔向未來。

如果四弟還在這世上，我想現在應該成了調皮搗蛋的國中生男孩了。

我是愛做夢的小孩，在所做的夢裡頭，四弟有時會出現。在夢裡我牽著他可愛的小手，去公園散步看星星。他還會撿起地上的小寶石，時不時與我分享。他指著天上的星星，然後又低頭看著手上拿的小寶石。我想，對他而言，這些小寶石比星星更加的吸引他。

有時回想起來，或許在他心裡，我就像是他手中的小寶石一樣，雖然平凡不起眼，但與許多的人事物磨合與擦撞後，終將能成為一顆美麗而樸實的小寶石。而他在我的心裡則是天上的一顆星星，照亮著我、指引著方向，並給我動力使我前進。

「因為你值得讓我相信你可以，所以你也要相信自己是可以的。」

馬奎斯《百年孤寂》：
「不管身在何處，永遠記得，過去是一個幌子，沒有回去的路。」

請盡全力往前奔跑吧！我陪著妳。

《9125 days about me》簡拉娜同名寫真書

| 監　　製 | 羅佩儀 |
|---|---|
| 統　　籌 | 洪儷芳 |
| 作　　者 | 簡拉娜 |
| 攝　　影 | AKING、Vincent |
| | Robert Chang Chien |
| | Wilson Lee |
| | 早乙女、楊芷涵 |
| 美術設計 | 王浩宇 |
| 文字編輯 | 葉子丞 |
| 藝人經紀 | 錢嘉駿、鍾享葳 |
| 專案執行 | 余歆雅 |

| 責任編輯 | 莊玉琳 |
|---|---|
| 行銷企劃 | 辛政遠、楊惠潔 |
| 總　編　輯 | 姚蜀芸 |
| 副　社　長 | 黃錫鉉 |
| 總　經　理 | 吳濱伶 |
| 發　行　人 | 何飛鵬 |
| 出　　版 | 創意市集 |
| 發　　行 | 城邦文化事業股份有限公司 |

歡迎光臨城邦讀書花園：www.cite.com.tw

香港發行所｜城邦（香港）出版集團有限公司
香港灣仔駱克道193號東超商業中心1樓
電話：(852) 25086231 傳真：(852) 25789337
E-mail：hkcite@biznetvigator.com

馬新發行所｜城邦（馬新）出版集團【Cite(M)Sdn. Bhd】
41, Jalan Radin Anum, Bandar Baru Sri Petaling,
57000 Kuala Lumpur, Malaysia.
電話：(603) 90578822 傳真：(603) 90576622
E-mail：cite@cite.com.my

印　　刷　　凱林彩印股份有限公司
初版一刷　　2018 年10 月 Printed in Taiwan.
ISBN　　978-957-9199-31-5
定　　價　　450元

客戶服務中心
地址：10483 台北市中山區民生東路二段141號B1
服務電話：(02) 2500-7718
服務時間：週一至週五 9：30~18：00
24小時傳真專線：(02) 2500-1900~3
E-mail：service@readingclub.com.tw

特別感謝